こゑは消えるのに

佐藤文香

アメリカ句集

MINATONOHITO

こゑは消えるのに

君来たまへ加州に雪の降る季《とき》に

加州着架空に雲のなかりけり

土足禁じて我が家となせば我らが昼

帯同配偶者《J-2visa》我は黒木苺洗ふ

鈴懸と配管工《plumber》の清潔なシャツ

Youの単複　真白な浴室の小窓

この日々は季節か 4 gallons of water
檸檬の花むらさき生涯孤独知らず

UC Berkeley 二句

走る栗鼠毎に尾の形その影

芝に小径に栗鼠は立つ又すぐ立つ

常秋を大衆らしく口閉ぢて
山のみち横顔を生かす風が吹く

桑港を巡り思索にかなしき艶
Powell Street教はりて知る香は大麻

噛みてなほ七面鳥の皮の照り

感謝祭をはつて膝の骨の浮く

時計草可算名詞として二輪
昼の月盛りの町を詩につくる

葡萄紅葉グラスを返す樽の上

言ひ古す和語のいとしく冬の雨

再会は薄い胸板ぁはせたる
色変へぬ芝と英訳後の画面

funnyな[æ]学生街の小糠雨

湾に凩目を惑星に喩へ合ふ

地下鉄は地下を出づ月見せたさに

西経一二二度月があり月は星

海を来てこの街を迂回する冬

火事跡の林を栗鼠の細身なる

San Diego 四句

クリスマスイヴあたたかき街に着く

沖よりも港いとしく冬夕焼

歩み来て硝子に映る冬の虎

ネコ科去年今年真昼の月を背に

秋は春へ砂糖楓の赤をゆく
なづきに春おはします網目構造の

私有地に七面鳥の憩ふなり
七面鳥重しその筋肉で飛ぶ

七面鳥五羽や舗道を一列に
近景に梢を配し記憶の庭

ぬかるみのあかるみを踏み友なりけり

深夜の窓に鹿と仔鹿をふと見たり

二月石楠花ひさびさの雨に息

眉墨に母語のくぐもり紫木蓮

はこべらや留守の間に技師の来て
教はりたる春を聴きたいやうに聴く

にはとりのはぐれて一羽春の中
挨拶は花束と似て春の森

バナナもらふ走りきつたる市民として

Berkeley Half Marathon 10K

市場美しyamと隣りてSatsuma yam

春なれやいつものビールここでは生

春爛漫加州巻寿司海老天入

近所の山登るや尻の力にて
もぞもぞの植物にゐて囀れる

ブランチ行かう蜂鳥が目の真上
Japan Townの春なり博多弁甘し

温泉否暑い春なり日焼して
4th Streetへそ出せばへそに自我

春竜胆いくらでも自撮り送り呉れよ
白鳥帰る君のからだの火照るとき

UC Berkeley 四句

常春を走り出せば肉まとまりぬ

春のキャンパス命とすれちがふ続々と

初花の若き並木を誰も撮る

見覚えの手首に水や夕桜

海錆びて春は疾風を繰り出しぬ

梅あらば梅のをはりの空ならむ

欲情は墨のかをりの二月かな

狂ひ飛ぶ一羽を見たり紫木蓮

葡萄酒や夜空へ花はこはれつつ

愉快な名曲　雨の一日を経て花は
散る花のはだへ湯冷めに憧れて

桜の実中洲に波を弔ひぬ

長考の鷺に素面の流れあり

夏帽を選びて我の換喩とす
昼の月木々の香が大通りまで

山毛欅林布を広げて風を盗む

夏霧を鳥おりてきて馬となる
馬面のながくやさしき夏野かな

羽たたむ馬や追慕に薔薇の朽ち

鷗らに埠頭は便利　ゆめのなつ

おもひでの辻　火と等価交換の

Boise 五句

アイダホの雲ほほゑみを返すなり

カピバラの涙かがやく州都かな

春川を走る試し書きのごとく
中規模の川のあをさも胸を突く

嘴に藻を掛けてカナダの夏の雁
はつなつの夕日が縦に白樺に

Yosemite　六句

ヨセミテを茂り尽くして松高し

松の国岩肌に滝濃くわかれ

滝壺へしぶきの束の競ひ落つ

風ときに岩をあらはす滝の底

鳶三羽頭上に別れバーベキュー

アメリカの日落ちて夏の明るさよ

花林檎君をenoughで断りぬ
ドアノブのガラスを握り聖五月

水紋に光あつまる羽づくろひ

睡蓮の葉裏に水面やすらげる

川にゐて鰓の疼きを他に告げず

剃りて頬明るく逢へば夏蝶来

色色を咲かせて庭は夏が好き
しあはせはこまかき薔薇そらいろの家

終の住処鉄扉に薔薇を這はせあり

カリフォルニアらしく乾いて夏落葉

近所の海へ座れば進む緑のバス
ゆくフェリー海の背中を泡立てて

一湾の風に痩せたるヨットの帆
退廃的に暮らせども夏らしく海

Pride Parade Day 二句

港から街までパレードは虹の

虹の日のウォッカ小瓶を二本かな

懐郷病ここからもここからも海が見え

無感動皿を拭かずに仕舞ふ日の

マンゴーの皮肉したたる夜なりけり

Napa Valley Writers' Conference 八句

逃水やジンファンデルを抜けてなは

作曲家ごとのてのひら夏のピアノ

川風の長閑けさ若き無花果に
哈《ハ》哈《ハ》哈《ハ》と笑ふロゼに忍びの泡の湧く

谷底の日々夏霧の遊ぶなり
君が詩に書く自画像も背の高さ

帰りみち見ましたね野兎を二度
夕焼のおもひで雲の陳腐な喩も

こゑで逢ふ真夏やこゑは消えるのに

行き場なし王維絶句に湧く雲も
とほたふみ浮輪どうしのふれてゐる

文月のよく飛ぶ鳥であられるか

幻獣の脚の鱗のかわく秋

朝露の文字に会話を引き渡す
Farmers market 蜂蜜がある愛のほかに

ほぼとこたふ秋の妖精かと問はれ
咳き込めば身体弾みぬ今朝の秋

妖精同士菊月の風とほし

天高く我ポジティブを恥ぢにけり

爽籟や眼鏡になみだ白濁し

味はする粥にきのこを炒め入れ

すれ違ふ我は妖精手に秋果

逢ふ筈の人と画面に梨食みつ

残暑酷しインドカレーは喉のため

Texas　十句

牛肉を切れば厚さや夏景色

家にプール大きな犬が二足で立つ

窟にみづ満つ何にでもなれるだらう

白みゆく朝焼甘し汽車の旅

朝日のたま林を離れ夏に浮く
テキサスの八月蟇のごとき雲

テキーラや胡瓜の種のやはらかく
あらたしきもののすべてにライム絞る

蝙蝠をかんじてゐたる橋のうへ

音楽のあをく膨らむ熱帯夜

Las Vegas 三句

ホテルに街角英字新聞一切読まず

残暑且つ酷暑にはかに賭博都市

ラスベガス木星色のビキニ着て

Grand Canyon

巨大峡谷赫しこの地球《ほし》を構成す

詩の九月唄の市俄古《シカゴ》に湖を見ず

けふの松散らせる小鳥七羽かな

虫のころ我がアパートの石造り

平麺に兎ソースや加州の月

金風の夢と思ひぬ見送られ

さはやかに桑港を発つ航空機
書き始むる日記へ秋の手元灯

雪や地図に友らの生くる国散らばる

あとがき

二〇二一年十月から二〇二二年九月までの一年間、アメリカの西海岸、カリフォルニア州のバークレーに住んだ。アメリカに住みたいと思ったことなどなかったのに、配偶者についていて行くことに決めたからだ。

ほとんどの日、はやく日本に帰りたかった。はやく友達に会いたかった。でも、そんなふうに見えないようにしたかった。実際、楽しいことはたくさんあった。でも、楽しいことがあるからといって、楽しい気持ちの毎日になるわけではなかった。

日々のなかには、誰かに語って聞かせるほどでもないことが、わりとある。

そういった部分に価値を見出す俳句のやり方は、わたしにとってありがたかった。写真に撮らないようなこと、人に送らないようなことを、母語の定型詩が、書かせてくれた。

何もかもが夢だったかのように日本での生活が戻ってきたけれど、書かれた俳句はたしかに残っていた。嬉しかった。

待っていてくれて、ありがとう。

二〇二三年八月二日

佐藤文香

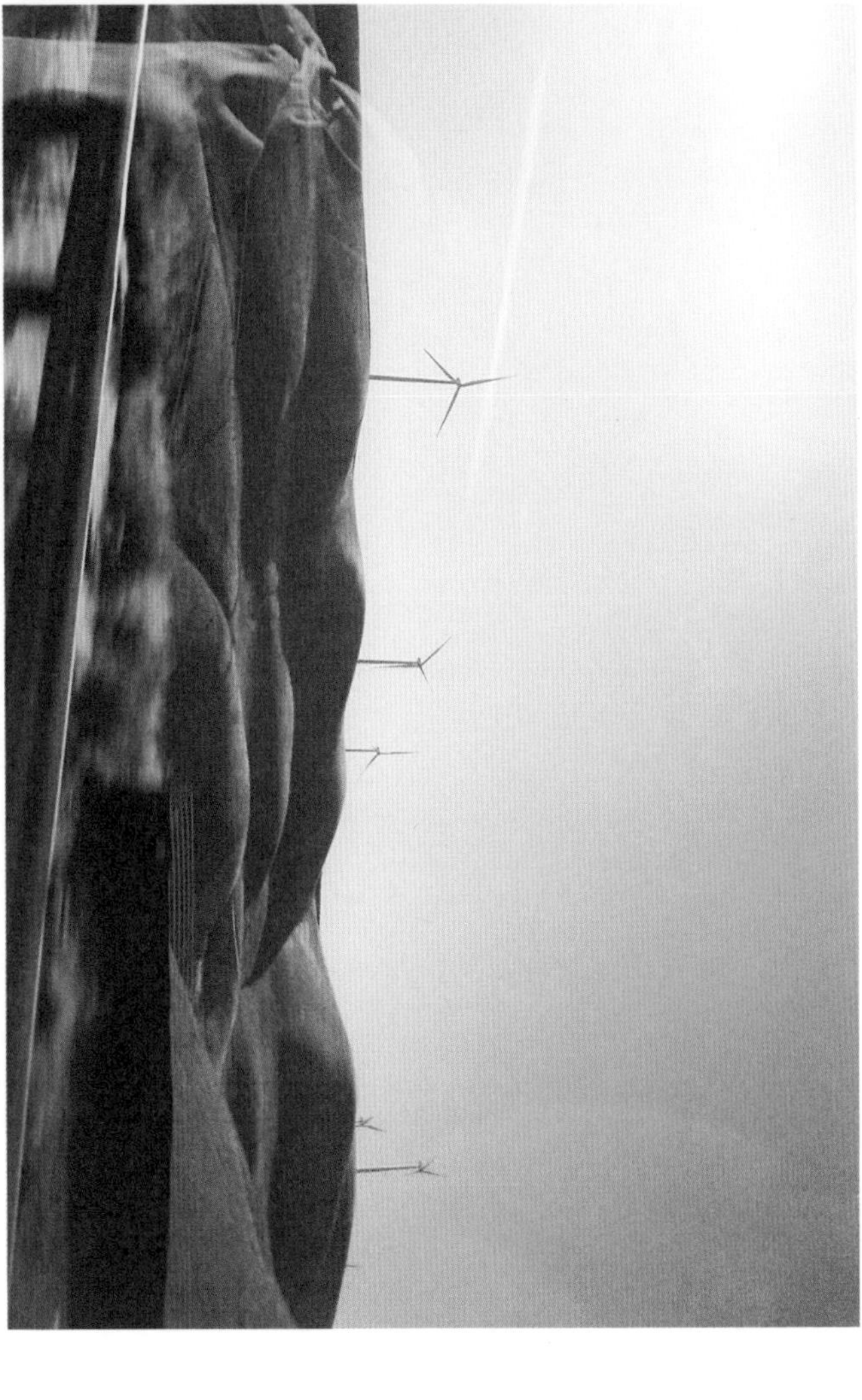

こゑは消えるのに

Fictional California

アメリカ句集

2023年12月24日　初版第1刷発行

著　者　佐藤文香
写　真　佐藤文香
発行者　上野勇治
発　行　港の人
神奈川県鎌倉市由比ガ浜 3-11-49
〒248-0014
電話 0467(60)1374
ファックス 0467(60)1375
www.minatonohito.jp
ブックデザイン　吉岡秀典(セプテンバーカウボーイ)
印刷製本　シナノ印刷

ISBN978-4-89629-426-2 C0092

佐藤文香　さとう・あやか
1985年生まれ。句集に『海藻標本』、『君に目があり見開かれ』、『菊は雪』。編著に『俳句を遊べ!』、『天の川銀河発電所 Born after 1968 現代俳句ガイドブック』など。共編著に『おやすみ短歌』。詩集に『渡す手』。